品味大师精品

主编 陈仲建 撰文 郑国明 摄影 吴军

郑国明 木雕艺术

海潮摄影艺术出版社

图书在版编目（CIP）数据

郑国明木雕艺术／陈仲建主编；郑国明撰文；吴军摄.

福州：海潮摄影艺术出版社，2008.6

（品味大师精品）

ISBN 978-7-80691-401-4

Ⅰ. 潘⋯ Ⅱ.①陈⋯②郑⋯③吴⋯ Ⅲ. 木雕－作品集－

中国－现代 Ⅳ. J322

中国版本图书馆CIP数据核字（2008）第086162号

顾　　问：顾　正

策　　划：陈仲建　严　明

主　　编：陈仲建

撰　　文：郑国明

摄　　影：吴　军

责任编辑：卢　清

品味大师精品

郑国明木雕艺术

出版发行：海潮摄影艺术出版社

地　　址：福州市东水路76号出版中心12层

网　　址：www.hcsy.net.cn

邮　　编：350001

印　　刷：福州彩虹制版印刷有限公司

开　　本：889毫米×1194毫米　1/16

印　　张：4

版　　次：2008年6月第1版

印　　次：2008年6月第1次印刷

印　　数：1-3000册

书　　号：ISBN 978-7-80691-401-4/ J · 92

定　　价：38.00元

序

在我国的传统工艺美术中,木雕艺术是其中重要的种类。

我国木雕主要集中在浙江,福建,广东等省,各地都有着自己的历史传统和艺术风格。浙江省以东阳的平板透雕和乐清的黄杨木圆雕为主,广东省以潮汕地区的金木透雕为主,风格特色很明了。

而福建的木雕艺术,是福建省众多工艺美术品类中的一项重要种类,制作生产面也较广,主要在福州,莆田,仙游,泉州,惠安,诏安等地。从现存的庙宇建筑和佛像雕刻等方面,可以看到,福建的木雕艺术在一千多年前的隋唐时代,就已达到了相当高的雕刻艺术水平,由于各地的风格习惯,使用功能上的有所不同,因此各地的木雕艺术也形成了不同的品种和艺术风格。

福州的木雕,从制作建筑装饰和佛像,逐步发展成为独立的圆雕工艺品。莆田、仙游的木雕,唐宋时期就已用在建筑装饰,佛像和刻书等。泉州、惠安的木雕,大多是在建筑装饰,佛像和家具装饰上发展起来的。诏安的木雕,因与广东的潮汕地区接近,其木雕艺术也与潮汕的金木雕相近。

改革开放之后,福建省工艺美术又得到新的飞跃和发展,我省的木雕工艺行业也同样得到很快的发展。

福建木雕艺术虽是全省工艺美术行业中的重要品种,但对于福建木雕艺术比较系统的宣传和介绍的书籍、资料不是很多。

最近,得知海潮摄影艺术出版社,分别出版介绍我省重点的工艺美术品种,重点工艺美术家的书籍,并对其作品、工艺美术家的师承、创作构思、表现手法,作品的工艺效果和特点等,由行家撰文介绍和点评,可以说是图文并茂的好书籍。该系列书的出版既宣传介绍了福建重要传统工艺美术及其代表性的艺术家,也为我省传统工艺美术留下宝贵的历史资料,同时,为广大木雕艺术从业人员提供宝贵的创作理念。真是可喜可贺。我们祝愿和期待着更多的这些书籍的面世,为我国的文化艺术增添新的光彩。

中国工艺美术学会副理事长
福建省工艺美术学会会长

郑礼阔

2008.4.18

目录

大悟成佛
——记木雕工艺美术大师郑国明

精品赏析

大悟成佛

——记木雕工艺美术大师郑国明

木雕大师郑国明

（王申生　画）

郑国明，福建省惠安县人。现任中国雕塑学会会员，中国工艺美术学会会员，中国木雕艺术专业委员会常委，中国工艺美术学会雕塑专业委员会会员，中国民间文艺家协会民间雕刻艺术委员会常委，中国高级工艺美术师，福建省工艺美术大师。受聘于台湾嘉义慈安宫重建委员会雕塑木雕艺术顾问及福建莆田湄洲妈祖庙董事会古建木雕艺术顾问，2004年中国民间文艺家协会雕刻艺术委员会授予"德艺双馨雕刻艺术大师"称号。创办有惠安县宏发工艺有限公司、国明雕刻艺术园。

1971年进入惠安县工艺厂学习木雕技术，开始追求艺术之路。1976年创作的木雕作品和仿真产品在广交会上赢得外商特别赞赏，短短五年间，展示出国明的艺术天赋。1984年被工厂选送福建工艺美术学校进修班进修雕塑专业，比较系统地学习雕塑艺术史和美术创作理论，为后来的艺术创作打下了坚实的基础。1988年出任惠安县工艺分厂厂长，其间设计制作的天然松果雕、鹰雕、天然竹根雕和木雕惠安女等作品，受到多家媒体的关注，《泉州晚报》《厦门日报》《福建日报》及《雕塑》《中国雕塑家通讯》等报刊多次报道。1989年2月，被评为工艺美术师，2001年被评为高级工艺美术师，2002年被评为福建省工艺美术大师。

30多年来，他不断刻苦钻研专业理论，不断走访古寺庙古建筑（几乎就是一种生活习惯），对里面的神仙菩萨、古今人物、飞禽走兽、名花佳木等动植物造型的雕刻技法，分金木雕、微型雕、圆雕、壁挂等不同种类，结合现代艺术理念进行认真总结，去粗取精，汲取养分，壮实自己。在学习继承优良传统过程中又不断自我否定，大胆探索创新，遂渐形成个人的艺术风格；同时对朽木、天然根包石等废弃材料产生极大兴趣，从中找到自己借力和发力的"奇点"，作为创作的载体，取得不俗成绩，在圈内外都产生较好的影响。细数他在近十年时间里，构思创作了近百件木雕作品，部分作品分别参加了国际、全国及省级专业作品大赛，荣获金奖8件，银奖9件，铜奖18件，深受各级领导、同行和客商的赏识。

《一蓑烟雨任平生》

一、夯实的基础，炼就了独特艺术风格

福建省惠安县是祖国大陆东南沿海一个神奇的县域，这里的女人名扬中外，人称"惠安女"，她们身穿着"旷卡裤"（闽南语音，正宗惠安女穿的裤子，手工缝制，有裤管广大的特征），上衣露肚脐，腰带银链一整排，多姿多彩的花头巾，配戴黄色斗笠，踏着唐代遗音——从洞箫南曲中袅袅走过；这里盛产南派石雕，工艺博大精深，产品在地球上无处不在，吸引了众多的史学家和艺术家，让他们着迷，以至于流连忘返；这里的古石城墙六百多年来巍然屹立，守卫海疆，至今保存完好，慕名而来的游客无数。

但在这块神奇的土地上，还有誉满全球的传统金木雕、现代木雕和根石雕，其规模化生产的量之大，艺术精品之多，文化蕴含之厚重，让见识过的人们无不惊叹不已，肃然起敬。在相当数量的一批雕刻艺术家里边，郑国明先生是其中的佼佼者。

没有扎实的基础理论知识引领，没有个人在实践中敢于不断去体悟创新，就很难想象有大的成绩。就是因为艺术的基础理论扎实，创新意识强，郑国明先生在实践活动中形成自己创作理念：他说，大凡艺术创作，作品的具体雕作之前，脑海里必然会有意象形成，这是第一步；有了这个意象的基础，再反复构思，由细而大，由大到细，不断推敲，直至统合成形，完成设计。

郑国明认为木雕作品产生过程，必要先打泥塑样，然后可视选用之素材而分：

1、用材属非特殊类。此类用材须要先用速写或素描勾勒出意象轮廓，然后开始雕凿制作，不断深入，直至作品制作完成。

2、特殊型素材。此类素材由于自身具有的异质常常能引起作者特别的注意，并产生强烈的创作冲动。一旦拥有，千万认真审视材料的形态、木纹、木节纹、木瘤疤痕、色泽等特征，以此为基础进行构思，争取充分利用木料或抱石木可直接利用势态形貌，并且在雕刻过程中能做到善用素材的内部变化来完成创作（即所谓的巧雕技法）。

他的经验是创作依赖于灵感，面对那些纹如行流水、形似衣带飘飞，隐约有物又难明其妙的材料，常常会有突如其来的心灵颤动，然后把想象空间无限展开，浮想联翩，欲罢不能，直至有个结果才能放下。

他认为，木雕创作有模仿自然、理想化之境和艺术家自我个性情感表达为主几个阶段：

1、模仿自然，首先要对客观对象有深入透彻的观察和正确理解，然后模仿制作，求惟妙惟肖之艺术效果。

2、以自然形态为基础，使之典型化，应用理想化之境界。来表现理想的自然形态，不仅要强调外在形式美，对其内在精神，亦应重视。

3、以艺术家自我个性情感表达为主而创作的作品，进入这个层面的艺术家，他们的创造力非同寻常，思维或如天马行空，或如潜龙入海，遨游于情感和梦境之中，有创建光明世界的魄力。

他还强调，艺术必须通过技巧来表现，但艺术的精髓更多不仅仅取决于技巧，而取决于思想深度。

思想深度决定作品的艺术高度。他所创作的《霸王别姬》，最初的灵感来源于一块木料，这块木料所拥有的特殊纹理，如波浪层层叠叠，很奇特，他刹那间联想起竟是二千多年前乌江之畔上演的那场爱情悲剧，完成后的作品确实证明了材料的特点用来表现项羽犹如滔滔江水般不平静的心情和虞姬那水一般美丽的容貌，无可挑剔，妙不可言。显然，一件作品的创作成功很大程度上取决于作者有较强的综合素质，尤其要具备较高的思想深度。霸王和虞姬千古绝唱的爱情故事又有了新的诠释，而且得到同行们的一致认同，2002年《福建省工艺美术大师作品"争艳杯"评选》中 "霸王别姬"荣获金奖并被福建省工艺美术珍宝馆永久收藏。作品《汩罗魂》，同样借助于木纹的波浪

《霸王别姬》

形状进行构思，巧妙地再现屈原报国无门愤而投江的历史事件和精彩场景，爱憎立判。由于构思与材料二者高度统一，主题突出，作品完成后得到专家评委的很高评价，2000年在《第二届中国（国家级）工艺美术大师精品展》暨《第二届中国工艺美术优秀作品评选》中，荣获金奖。

利用材料的特殊形态进行创作并且取得很多成功的例子，书中比比皆是。比如名为《空》的作品，原素材树干中有个天然洞穴，"空"在这里是客观的，并无预设的意涵，它却偏偏触动了作者的艺术神经，引发想象，作者看到的已经不是原来意义上的空，而是精神层面上富有禅意的"空"，刀锋所向，深中肯綮，"空"已不空，里面充满智者对人生的体悟和追求，有大慈悲。整个作品用刀不多，却刀刀到位，艺术效果强烈。

进入"丰收季节"的郑国明先生，作品量多质高，代表性的作品有《济公》、

《同根生》、《屈原离骚》、《悲怆》、《霸王别姬》、《精卫填海》、《赤壁赋》……等。在专业人士眼里，这些作品绝大多数属于"巧雕"范畴。

《空》

"巧雕"者，顾名思义，一个巧字，但如何个巧法，却没有一本教科书能告诉我们。记得有一次我俩在一起聊天，谈起少年时代学艺的往事，国明很有感触地告诉我，当年学艺，他的师傅教他磨三年的刀凿，他认为有今天的成就，有一大半源于那三年磨刀凿的工夫所做的准备。这决不是在开玩笑，是通过很认真的实践得出的结论。

木雕是一门技术性很强而且综合性很强的艺术，没有过硬的基本功就想有所作为显然不可能。但当下愿花大的气力把有关技术学会并且精通的木雕的艺术家确实不多。说远一点，在中华文化圈内，稍有点历史知识的人大概都知道古代书法家"笔冢墨池"的故事。用一生大部分精力坚持不懈磨练基本功，几乎是所有成功的艺术家共同拥有的艰辛创作具备过程，只要多少阅读一些有关的传记，就不会有怀疑。"技进乎道"，对很多人而言似乎都有重新认识的必要。古代哲人庄子曾用"庖丁解牛"的例子说明"好道者也，进乎技矣"道理，"至精而后阐其妙，至变而后通其数"，由技术层面上升到艺术境界，再通过主观努力是有可能做到的。范曾先生在为崔自默先生《为道日损》一书作序写道："八大（山人）的恭敬精审的作品告诉我们，高度的理性与高度的感悟天衣无缝的结合，加上极娴熟的笔墨技巧才可能使八大山人的作品趋近于禅"（人民美术出版社2005·3月），换句话说，八大山人如果只有高度理性和高度的感悟，没有"极娴熟的笔墨技巧"，他的作品是否趋近于禅，恐怕要打个问号。

郑国明先生对木雕工艺技巧的钻研可谓竭尽全力。他早年已打下了扎实的木雕技艺功底，一直以来对客观事物的研究是无不穷尽的，对根雕艺术创作"远取其势，近取其质"的本质特征把握到位，尤其善于借材用势，对自然形态的观察细致全面，极少失手；且灵台清明，不受具象抽象约束，敢"用自家笔墨，写自家山水（齐白石语）"。

我国传统艺术注重"心师造化"和"物我合一"，强调运用意象思维，细心观察事物和感悟自然，从中把握规律，使人与物、情与景这点做到完美的融合。从作品的构图和造型立意上看，他追求一种更接近于中国文人画意味和具散文韵律的艺术风格，业已形成日见成熟。

作为朋友，我有机会在长时间的相处中去发现郑国明先生身上别人容易疏忽的性格特点，他待人接物中流露出的儒雅随和是性格的一方面，另一方面，在艺术创作中，几乎可以说他从一开始就对毫无个性的东西表现出不以为然，尽管知道标新立异的路会给自己带来思想的不安甚至痛苦，但他却义无反顾，一门心思由着崇尚创造的朝前走。由于有这份坚持，所以百余件的一流的作品不断地从他的刀下出现，把惊异、激动、敬佩——甚至还有怨妒，都带给这个世界。

刘海粟先生说："成为一个画家，有四个条件：一是扎实的基本功，二是洋溢的才气，三是超人的毅力，四是惊人的胆识"。木雕艺术家也一样要具备这四个条件，郑国明先生可以说具备这种条件，因此他能在创作上纵横捭阖，突破性的作品陆续大量出现，让人目不暇接，叹为观止。

郑国明先生取得的成就证明了福建木雕艺术创作已经从传承进入创新阶段，尤其可贵的是，他的作品对于技术如何与艺术结合进而上升到道的层面做出了有说服力的诠释；"大悟成佛"——韩美林先生书赠郑国明先生的这句话就是极其精辟的概括。

韩美林题字

二、勇于实践，感悟出浮雕和透雕艺术

浮雕和透雕技艺广泛运用于工艺美术创作中，显而易见，浮雕作品是雕塑的一个重要组成，它具有占用空间小，所反映的内容十分丰富的特点，适用范围广泛，无论走到何处，几乎无处不在，甚至包括圆雕作品，也多采用浮雕来装饰。

浮雕注重事物表达作品的完整性，它以底板为衬托，突出内容的属性，包括环境、气候、地点，不同时代的人物、故事情节，比如《梁山伯与祝英台》《西厢记》《陈三五娘》故事作品，尤其是闽台地区妈祖庙神房的浮雕，简直就是妈祖故事的完整图本。

浮雕非常突出的优点还在于它既能保持自己的独立性，又能很好的融入整体之间，正如我们在北京人民大会堂西大厅所见，大厅的《仙鹤图》，就是以四十只象征吉祥如意的贴金木雕仙鹤为主体，采用了传统浮雕工艺结合现代装饰手法，为了让人们前后方向都可以欣赏到同样的画面，设计师把两面雕刻前后对称的两片仙鹤浮雕胶贴在茶色玻璃上，作品不仅雕刻精美，线条流畅，并充分体现其立体效果，达到和谐统一。

透雕则广泛应用在建筑上，起装饰美化作用。根据建筑对安全要求放在第一位这个特点，透雕以此为前提进行设计，常见的作品有景窗、立屏和屋顶构件。对于这些作品的创作，作者心中要有"图必有意，意必吉祥"的理念，这也是民族传统文化的基本特征。另外，安置在屋顶的作品，线条宜粗犷大方，室内则对细节的结构多留心，注意整体效果的发挥；透雕在园林装饰的使用量算最大，可以这样说，如果没有透雕作品，中国园林就会大为逊色。

在浮雕和透雕艺术中,难度较大的雕刻工序就是镂空雕,镂空技法在木雕艺术中属于最精致部分,要让镂空雕刻的作品达到空灵剔透,玲珑精巧,美观雅致,并且具有较强动感,在长期的实践过程中,郑国明深刻领悟的有如下几点:第一,根据雕塑草图打成泥塑稿,并对照草图的镂空部分与木坯的直纤维综合起来认真研究,使镂雕后留下的部位是结实的好木木料——木坯中纹理细密、不易断裂的上风部;第二,运用带筋法,即对作品的灵活部分或易断处预留牵附的筋条,使之暂时稳固,待作品将竣时,再用密刀法将牵附筋条清除,最后完成创作;第三,技艺要求做到五先五后,即先横后直,先小后大,先外后内,先前后背,先浅后深,灵活运用,避免出现不必要的麻烦;第四,运用加法,创造意想不到之效果。比如,在较大的实处有意设计一个小巧玲珑的陪衬物,这个陪衬物虽实却活泼,对于打破实处的呆板局面能起较大作用;第五,交叉雕刻法,这在镂空技法中属难度最大却又必须掌握好的技术,作品多层次结构中,山脉云雾、波涛水流、衣袍飘带、花草树木、亭台楼阁往往交叉扭结在一起,必须层层深入,深中肯綮,才能达到最佳效果。比如《九龙盘》的雕刻,九龙飘舞环绕,上下交叉扭结在一起,只有交叉镂空技法才能完成一件作品的创作。

民间浮雕和透雕作为一种艺术表现形式,其魅力在于它的地域特色。由于民间美术的创作者基本上没接受过专业美术院校的训练,大都以传统师傅教徒弟的方式流传下来,由此也形成了别具一格的审美观念和创作手法,"乡土味"是它最鲜明的艺术特征。民间雕艺家们为了能将他们的感情真实地表现出来,常常把不同时间由不同视角所感受到的不同事物揉合起来,表达在一件作品中,又按照他们的心愿特别的夸张某个部分,将想象力和创造力给予极大释放。

由此可见,中国民间雕艺所追求并非简单的自然真实性,为了意图表达的需要可以进行大胆且主观的艺术构思和创作,这种极具浪漫色彩的创作理念,

钱绍武题字

值得借鉴学习,雕塑家的创作如果能无拘无束如天马行空般进行,将会更有利于创造力的全面发挥。这也正是现代浮雕和透雕必须继承并予发扬光大的优秀传统。艺术家们要有强烈的社会责任感和艺术的使命感,对传统浮雕和透雕艺术的研究必须投入更多的精力,把工作做好做实,这样,传统浮雕和透雕艺术才会有光辉灿烂的未来。

（注：本文根据郑国明提供素料，庄文其整理并撰写）

精品赏析

《日月同辉》　香樟天然木　　60×25×75cm

　　作品采用镂空雕的艺术表现手法，日月相间、金
鸡独立，寓意着"与天地同在，与日月同辉"古老的
东方哲学思想。详细的刻画了金鸡报喜的神态，与背
景粗糙的纹理进行对比。

《智者》 红檀木 40 × 32 × 22cm

　　《论语》中的"仁者乐山，智者乐水"三和尚有不同的心态来品味人生，心态各有其不同和相似，表达作者在研究生态自然事物中的一种直接心得体会。可见已经上升到一种更高境界，作者用心进行创作此件作品。

《母子情》

香樟木　　62 × 20 × 22cm

　　作者以樟木为原材料，对惠安女勤劳、朴素和善良的本质特征进行了概括。该作品以雕塑效果进行创作，人物形态自然匀称，充分展现母子情深这一主题。

《春晓》
天然黄杨木包石　　40 × 40 × 40cm

　　春天是美丽的，有醉人的花香，有迷人的风景。但更能打动诗人的却是那喧闹的春声。作品刻画了雨后水牛嬉戏，百鸟争鸣的清新美丽，生动活泼的场景。乍一看，一书童还未醒来。巧妙地利用粗石塑造了人物重点。

郑国明木雕艺术

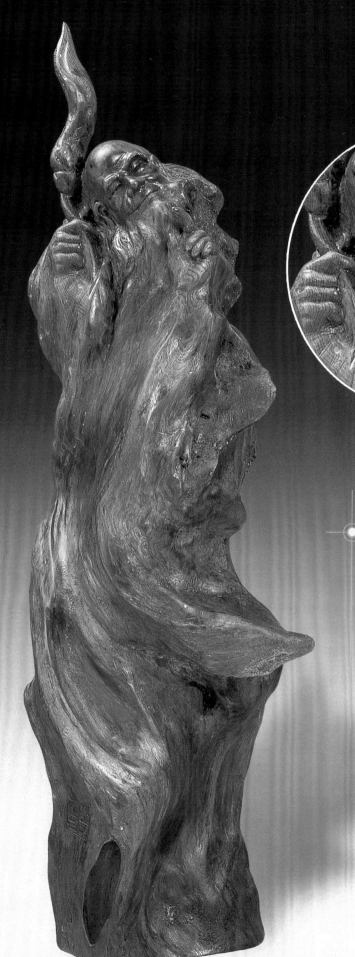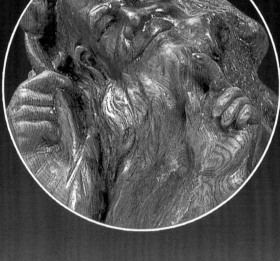

《老子》

天然柳杉木　17 × 20 × 52cm

　　道家始祖老子，据传说一生下来，就具有白色的眉毛及胡子。他说宇宙万物的演变，以为"道生一，一生二，二生三，三生万物。"此作品的妙处，正是利用了木头的天然纹理表达了老子的"无为"，老子享受而释然的面部表情，流畅的木质线条配合着概括的大块面造型，正说明了"天下万物生于有，有生于无"的朴素哲学思想。

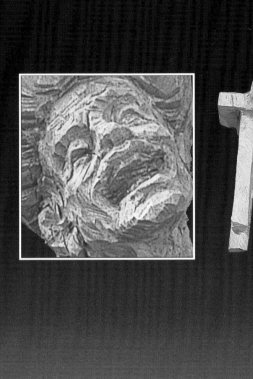

《磨剪刀》
龙眼木　　30 × 25 × 65cm

　　艺术的极致就是"由巧入拙"。
这件作品本身不是亮丽优质的材质，
也没有精细的后天刻工。作者刻画
的就是一个老艺人，他结实而粗糙，
面容上自然有岁月的痕迹。他正是
最根本的劳动人民的写照。可是在
这饱经岁月沧桑的脸上，你却看不
到老人的凄苦，手艺人的自娱自乐，
以及对生活的快乐清晰洋溢在他的
脸上。艺术家的表达涉及社会的各
个层面，这件作品体现作者返璞归
真的创作梦想。

《五子戏笑佛》

香樟木　　40 × 25 × 20cm

作品雕刻了一个持宝笑佛，在笑佛身上有五个小佛子，形态各异，栩栩如生。刀功深厚，纹理清晰，工艺精细。笑佛手持宝物，象征财库饱满，纳财致福，可增加财运，广纳四方财。佛与五童子都笑得十分开心，能给人感觉佛的逍遥自在和闲情，为生活增添一份快乐、自在的情趣。

footer/side navigation

15

郑国明木雕艺术

《滴水观音》
黑檀木　　60 × 20 × 22cm

《赤壁赋》

天然黄杨木包石　40×40×40cm

作品取材于宋神宗元丰五年（公元1802年）苏轼贬滴黄州时所作《前赤壁赋》。作者试图利用天然木石巧妙的独特造型，加以构思雕琢，表现"苏子与客泛舟游于赤壁之下"，"诵明月之诗，歌窈窕之章"，"飘呼如遗世独立，羽化而登仙"的意境，以及苏东坡与客人对宇宙和人生的探讨及感慨。本作品在构图和造型立意上追求一种更接近于中国文人画的艺术语言和散文式的表现手法，也是作者在木雕创作上的一种尝试。

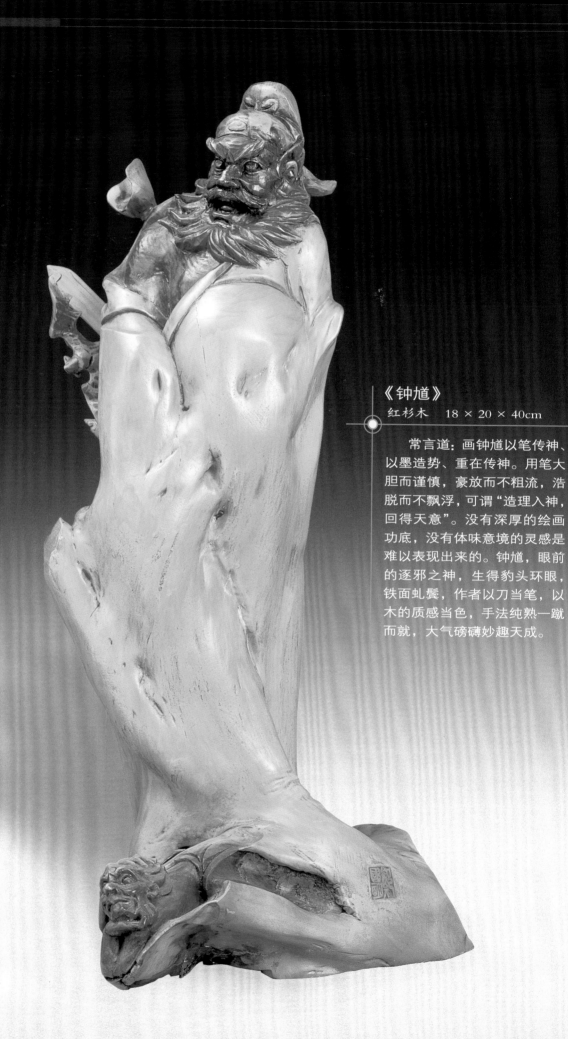

《钟馗》

红杉木　　18 × 20 × 40cm

常言道：画钟馗以笔传神、以墨造势、重在传神。用笔大胆而谨慎，豪放而不粗流，浩脱而不飘浮，可谓"造理入神，回得天意"。没有深厚的绘画功底，没有体味意境的灵感是难以表现出来的。钟馗，眼前的逐邪之神，生得豹头环眼，铁面虬鬓，作者以刀当笔，以木的质感当色，手法纯熟一蹴而就，大气磅礴妙趣天成。

《浩然正气》
黄杨木　　38 × 25 × 90cm

　　古语云"聪明难，糊涂更难"，一语道出人生境界，也说出了"大巧若拙"的艺术创作规律。"由拙至巧，由巧及拙"是艺术境界的飞跃。艺术的最高境界便是"品纯"，"大、拙、生、强"是它的艺术特质。雕刻更是靠纯粹而整体的形体去表现，脱去聪明的外衣，只留下质朴的本性。作品以简洁流畅的手法，诠释了难得糊涂的内涵，也诠释着作者对生活的感悟。

郑国明木雕艺术

《渡》

红檀木　　25 × 20 × 70cm

中国佛教禅宗初祖菩提达
摩，是天竺国佛教禅宗第27代
祖师般若多罗的嫡传弟子．东
行来到中国。一苇渡江北上洛
阳。到嵩山五乳峰的山洞中落
迹面壁九年。功到业成，大乘
禅法传开了。菩提达摩悠扬的
神态似乎在告诉我们江湖有多
大，心之所由也！

《霸王别姬》
天然红木　　43 × 25 × 70cm

这是一断悲壮、泣美的故事,它足以使每个人掩卷叹息,人生包含许多美好与无奈。作品用根的纹理去体验霸王那犹如滔滔江水般不平静的心情,用水纹去揭示虞姬那如水般的美丽。作品用千年木质去体现那个久远而永恒的年代,用根形表现出动静有致、曲直相辅的人物剪影,以情写形以神传情,不事雕琢,自然天成,完整的表现了这样一个亘古不变的题材,其微妙与独到之处,是作者创作的精神之所在。

霸王别姬

《山高水长》

香松木　35 × 20 × 70cm

　　作者构思独具匠心，用少女富有张力的躯干与山水形态相融，山水气势磅礴，女子动感十足，作者采用自然形体与抽象形的微妙结合，蕴涵着自然与人的依存与互动。

《轻舟已过万重山》

黄杨木　　90 × 33 × 55cm

作品利用材料的天然纹理和诗意表现诗人一叶轻舟，醉卧山涧，船似柳叶直，衣似群山颠的仙风大气。作者运用意象思维，在中国传统艺术重"心师造化"、"物我合一"的境界同时，注重观察事物，感悟自然，把握艺术规律，使人与物、情与景在充实心性的过程中达到神与物游、意游万仞的逍遥心境。作者对人物造型不事雕琢，意在刀先，语尽意在，运用自然形式审时度势，非具象亦非抽象，用意象语言来进行图解。

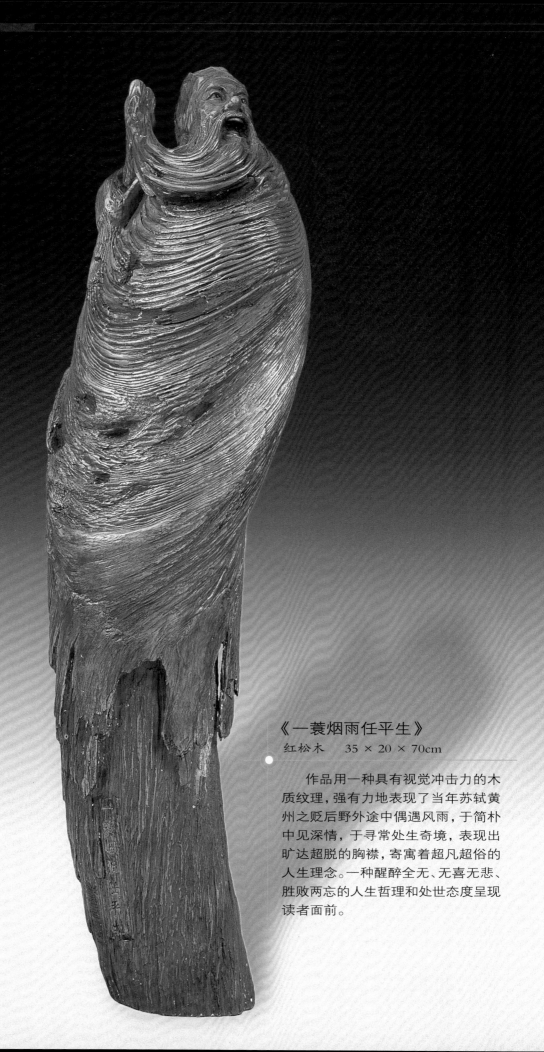

《一蓑烟雨任平生》

红松木　　35 × 20 × 70cm

　　作品用一种具有视觉冲击力的木质纹理，强有力地表现了当年苏轼黄州之贬后野外途中偶遇风雨，于简朴中见深情，于寻常处生奇境，表现出旷达超脱的胸襟，寄寓着超凡超俗的人生理念。一种醒醉全无、无喜无悲、胜败两忘的人生哲理和处世态度呈现读者面前。

《乌江恨》

红松木　　40 × 30 × 55cm

风在吼，马在叫。耳边是乌江在咆哮，眼前是美人已逝的丽影，没有了八千子弟！没有了一代佳人！曾经的荣华富贵，独步天下，都已随乌江滚滚浪涛无可挽回地流走，如昨日一梦，梦醒一场空。生当作人杰，死亦为鬼雄，至今思项羽，不肯过江东！

25

郑国明木雕艺术

《飞峰度厄抢佳人》
天然黄杨木包石　40×30×65cm

杭州灵隐寺有个济公和尚，神机妙算，法力无边。这天，他远远看见天空飘来一座小山峰！马上就要落到灵隐寺前的村子里了，如果不快点让村民们搬走，那会砸死多少人哪！可是济公东家进西家出，嘴皮子都快磨破了，还是没有人肯听他的，济公急得满头大汗，忽然瞥见村里有户人家正在接新娘，他灵机一动，冲过去，抢了新娘子往背上一背，撒腿就跑，这一下，轰动了全村，男女老少都一起冲出来，追着济公要讨回新娘子，济公疯疯癫癫地跑啊跑啊，终于把全村人都引得远远的。刚停下，就听见"轰隆"一声巨响，小山峰已经落了下来，将整个村子都压在了下面。村民们这才恍然大悟：是济公救了我们的命啊！从此，这座山峰就在灵隐寺前安了家。因为它是飞来的，人们就将它称为"飞来峰"。这件见作品生动的再现了这一场景。

《钟馗》
黄杨木包石　　40 × 40 × 70cm

郑国明木雕艺术

《唐韵》

竹雕　10 × 12 × 63cm

　　唐朝以婀娜丰满为美，作品正是
利用竹系崎岖圆润的特性，来表现女
人富态的一面。巧妙地利用竹根求得
唐朝女人独特的发髻姿态。作品以
"S"型构图，稳而柔美的结合。正是
一种精雕细琢柔美地表现了唐朝美人
风韵所在。

《石头记》系列之一
天然黄杨木　43 × 23 × 70cm

　　《红楼梦》又名《石头记》，这部小说以超现实的视角，审视人间的悲欢离合，使其富有浪漫奇幻的意境和发人深省的哲理内涵，但历来以《红楼梦》为题材的造型艺术，无不以小说中的人物为对象，小说的叙事特征及非现实的视角没有得到表现，这组作品的创新性表现在三个方面，对雕塑叙事功能的探索，使每件作品的个体造型，服务于整体，运用个体的联系完成一个故事片讲述，其次是材料的运用打破传统组雕统一材质的惯例，将木石混用，增加了表现力与新鲜感。在塑型上既有传统人物造型，也有木抱石甚至纯天然石的运用，在丰富多样中组成一个真幻交织悲欢莫明的空间，引人深思与遐想。这组作品为雕塑艺术的创新，提供了一种可能。

郑国明　木雕艺术

《石头记》系列之二
黄杨木 玉石 50×30×70cm

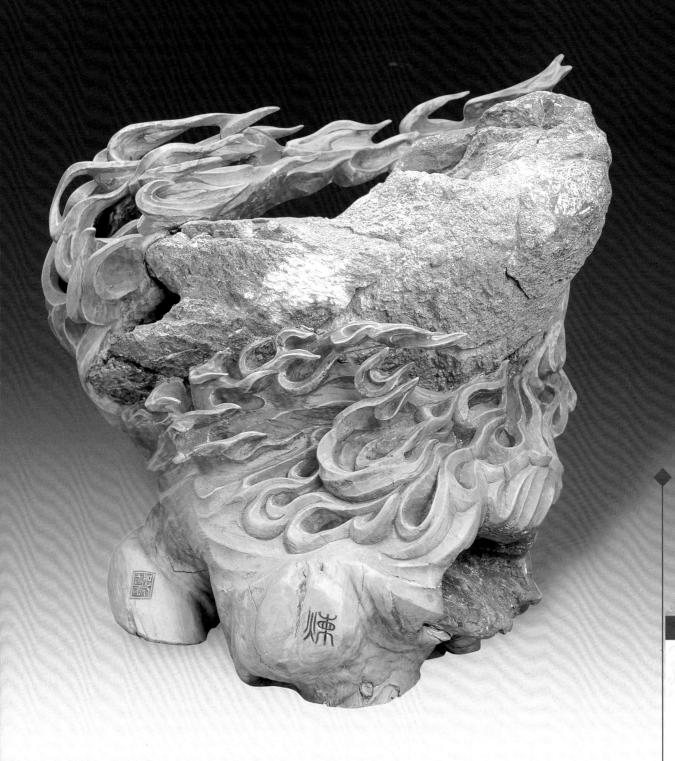

《石头记》系列之三
天然木包石 45 × 35 × 45cm

《石头记》系列之四
天然木包石　35 × 20 × 55cm

《牧归》

毛竹　13 × 16 × 35cm

　　一牧童提着丰硕的
食物，水牛迈着悠闲的脚
步。牧童竹笛轻吹，一小
曲儿悠悠扬扬，使山乡陶
醉。一幅如此陶醉的画
面，如痴如醉。牧者洋溢
的笑脸，和水牛快乐的脚
步，让读者心情畅快。

郑国明木雕艺术

《济公》
天然红木包石　35 × 35 × 35cm

作品的创作灵感来源于佛教僧人的日常形态，流畅的线条与
僧人生动的面部表情使整件作品集简约和丰富于一身，让人过目
不忘。本作品有很强的情趣性，活泼中加上石头的稳健感使作品
气韵生动。

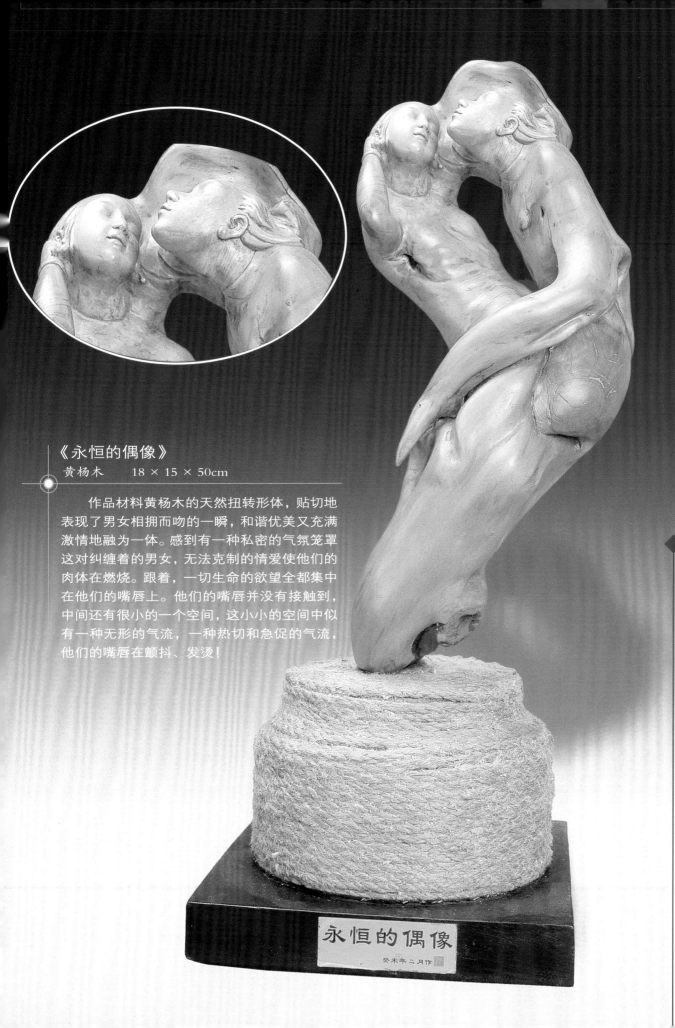

《永恒的偶像》

黄杨木　　18 × 15 × 50cm

作品材料黄杨木的天然扭转形体，贴切地表现了男女相拥而吻的一瞬，和谐优美又充满激情地融为一体。感到有一种私密的气氛笼罩这对纠缠着的男女，无法克制的情爱使他们的肉体在燃烧。跟着，一切生命的欲望全都集中在他们的嘴唇上。他们的嘴唇并没有接触到，中间还有很小的一个空间，这小小的空间中似有一种无形的气流，一种热切和急促的气流，他们的嘴唇在颤抖、发烫！

郑国明木雕艺术

《月神之舞》

天然木包石　52 × 120 × 30cm

　　作品以天然木包石为材料进行雕镂，以毛泽东诗句"寂寞嫦娥舒广袖，吴刚捧出桂花酒"为立意。将诗意化为具像，自然被赋予人性的光辉。举杯的吴刚，双臂开张、雄健而奔放，漫舞的嫦娥，衣袖飘转、妩媚动人，共同组成刚柔相济、和谐统一的精彩瞬间。作品境界宏阔，充满真幻交织的神话色彩。是对人间真情的讴歌，对无数忠魂英灵的礼赞，对正义与正气的呼唤。

《武则天》

越南花梨　16 × 15 × 45cm

　　武则天是中国历史上唯一女皇
帝，创造了"曌"(读音"照")，这个字，
意为"日月当空"。显赫的权势，豪奢
的生活，滋养了她无限量的权力欲。
作者正是用这种大手笔的张狂的刀
法，对细部的刻画来体现人物脸部无
限的权利欲。表现人物与日月当空的
境界。

郑国明木雕艺术

《朝夕》

红杉木　　15 × 15 × 56cm

　　作品首先让人想到的是一位勤劳淳朴的惠安女性，不管早晨还是夜幕，在海边期盼着自己丈夫的归来。然而作品没有详细的刻画人物表情以及各处，而大刀阔斧的轮廓表现妇女看远方的瞬间。作品简洁大气，给读者一种自由想象的空间，正是作品的精到之处。

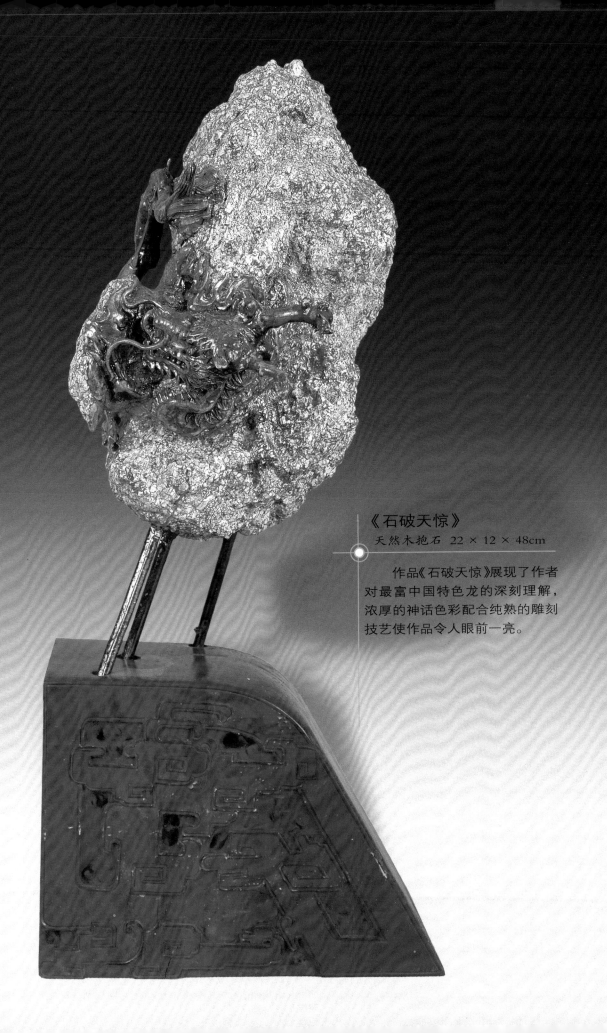

《石破天惊》

天然木抱石 22 × 12 × 48cm

作品《石破天惊》展现了作者
对最富中国特色龙的深刻理解，
浓厚的神话色彩配合纯熟的雕刻
技艺使作品令人眼前一亮。

郑国明木雕艺术

《钟馗夜巡》
黑檀木　28 × 15 × 54cm

《童子拜观音》
红豆杉 32 × 30 × 80cm

郑国明木雕艺术

《岁月》　　红杉木　　21 × 20 × 25cm

　　时光就如此的如流水般飞逝，不经意间，岁月的沟壑在脸上不断堆积。太阳转到西边的时候，依然留恋于一天的美好，于是把周围的云天染成血红，妆扮成又一个黎明，当天边最后一丝彩霞被遮蔽的时候，夕阳美景成了永久的回忆，最美莫过夕阳红。

《正气》

香樟木

规格：40 × 20 × 56cm

作品中人物的形象素材来自于传统的关公形象，与其有区别的是本作品的形态更加魁梧，精神饱满，每一丝胡须，每一个细节都把作者的雕刻技艺表现的无懈可击。

郑国明木雕艺术

《瞻星》

乌木　　30 × 30 × 75cm

作品塑造了一位遥指仰望星空的老者，似乎在向我们述说着什么，充满了历史沧桑感，形象逼真动人，手法简练。先辈们会意的目光，召唤着后人，来继承那未完成的誓言，来创造人类更高的丰碑。

《精卫填海》

龙眼木　38×30×70cm

这里已分不清具体的时间、地点、场景……只知道远古有一个精灵在云端，用巨大的双翼煽动一股复仇的气流，其势足以使更强大的敌人胆寒。作者以形取势，利用精卫凌空俯冲以及倒三角构图表现这一动荡不安的一刻。作者以物抒意，用千年树根的肌理、色泽、形态变化表现神秘不可知的力量潜藏，作者独具匠心，利用海浪翻滚的底座，来体现变幻莫测的大海，作者就地取材，利用根中之石表现精卫凛然不可侵犯、移山填海的雄心壮志。

《圆》

红木 40 × 18 × 38cm

作品以人类薪火相传为主题，构思新颖，让人耳目一新。

母亲丰硕的躯体充盈着力量，呵护着稚幼而娇弱的生命。为了儿女成为堂堂正正的人，母亲一生"鞠躬尽瘁"。

作品以圆为构图主体，圆是满足、是成就、是喜悦、是圆满，圆与圆相依相随，以抽象的语言、夸张的手法，表达了人类生生不息的大爱，和后裔对大爱永恒的感恩和赞美。

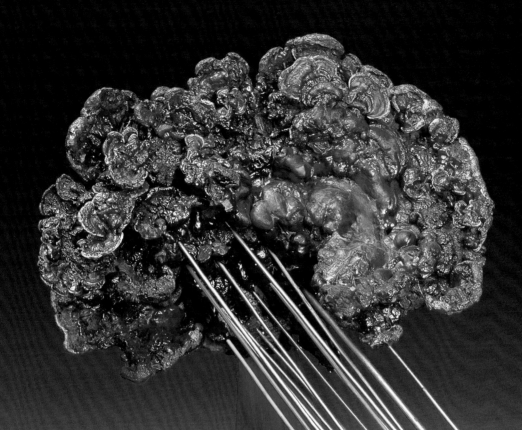

《天怒》

天然灵芝草 红木   竹

55 × 25 × 85cm

　　此作品"虽由人
做，宛若天成"，极为形
象地诠释了大自然丰富
的表情。设计者巧妙利
用了天然大灵芝草及不
同的材质来处理云、雨
与山的关系，用高度概
括和形象艺术手法阐述
了"天怒"这一主题。从
作品中似乎能够感觉到
大自然的神秘，给人以
很强的震撼力。

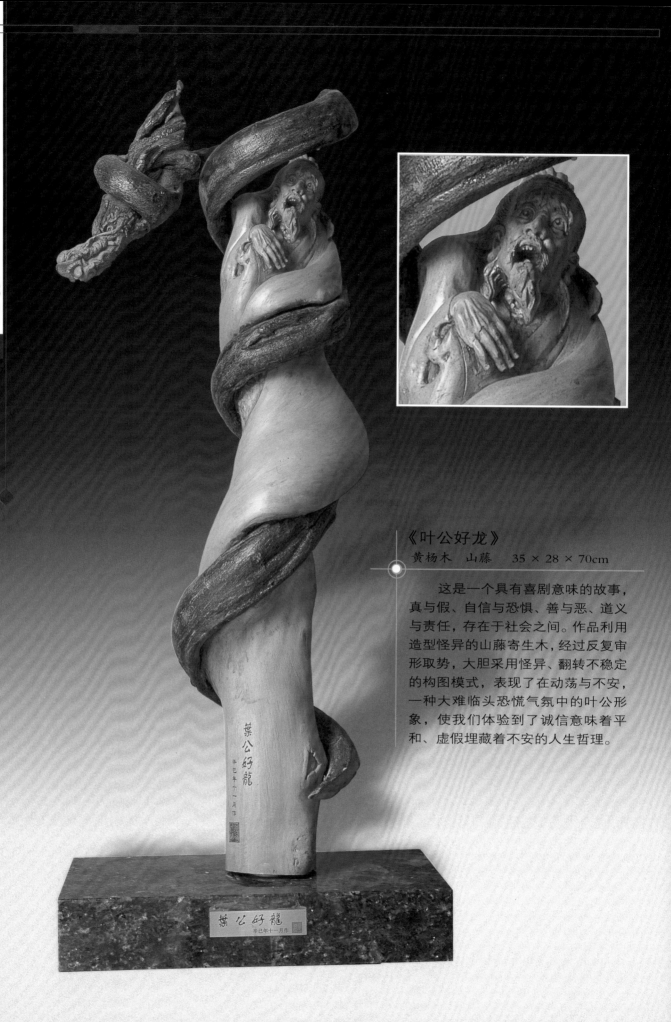

《叶公好龙》

黄杨木　山藤　　35 × 28 × 70cm

　　这是一个具有喜剧意味的故事，真与假、自信与恐惧、善与恶、道义与责任，存在于社会之间。作品利用造型怪异的山藤寄生木，经过反复审形取势，大胆采用怪异、翻转不稳定的构图模式，表现了在动荡与不安，一种大难临头恐慌气氛中的叶公形象，使我们体验到了诚信意味着平和、虚假埋藏着不安的人生哲理。

《悲怆》

天然木榴 红木

25 × 25 × 60cm

作品以精湛的表现手法把贝多芬从外表刻画到内心，表现了他当时创作此曲的精神状态，细致的技艺把作曲家的心境展示的酣畅淋漓。加之下半部分简洁的造型使整个作品层次分明，节奏变化较强。

郑国明木雕艺术

《神光鬼影辨真假》

天然木包石　　75 × 35 × 45cm

作品《神光鬼影辨真假》其创作的灵感来源于古代神话，作者通过写实的表现手法将神话中的人物形象进行了艺术的再现。细腻的雕刻手法是作品的最大特色，使本来就很具吸引力的材质大放异彩。

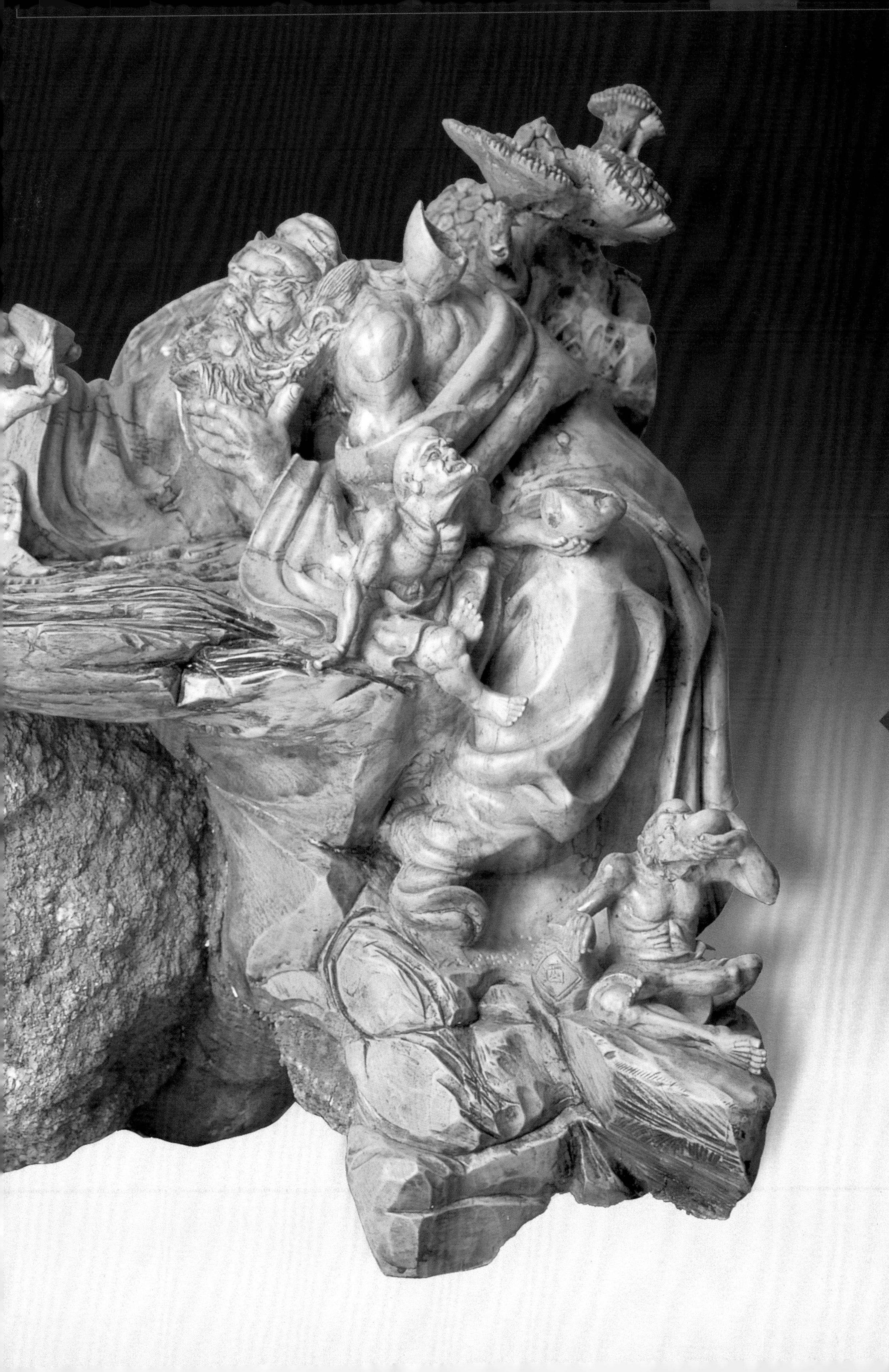

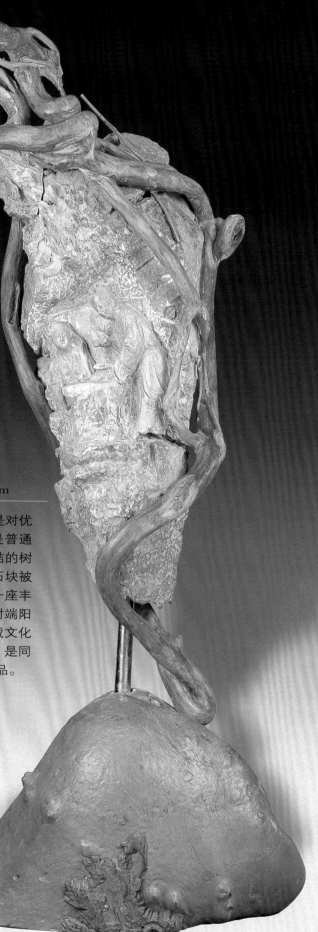

《庆端阳》

天然木包石　　45 × 30 × 100cm

　　端阳节是对忠贞的纪念,是对优秀精神的记忆。作品的主题是普通的,但艺术表现不同寻常;纠结的树根被雕成龙的造型,被包裹的石块被赋予船的造型。龙舟竖起成为一座丰碑,心脏处,是一年一度百姓对端阳的庆典。自然的材料幻化成负载文化记忆的象征,龙舟与民族同在,是同类题材中最富创意与深度的作品。

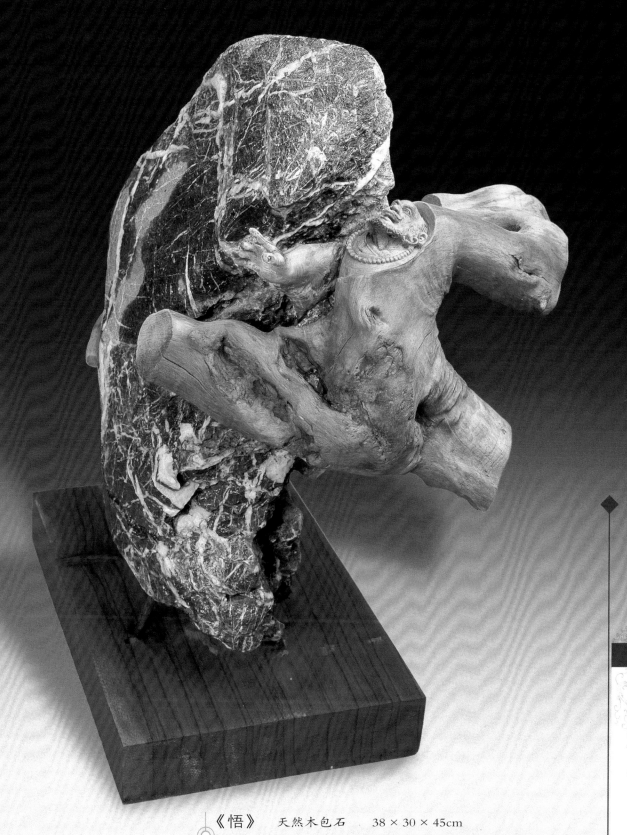

《悟》　天然木包石　　38×30×45cm

运用了达摩面壁的题材，但与传统的处理极不相同。这不是面壁的静修，而是破壁的一瞬。在漫长的等待孕育之后，在走投无路以至绝望的挣扎之后，在心中光明闪耀的时刻，如破壳之蚕，飞跃而出，似乎能听到石壁洞开的轰鸣与仰天大笑的回声。悬空的石根在绝壁间飞翔起来，惊心而动魄。

《网》 天然木包石　　15×20×20cm

　　作品利用了木头原有的流线造型，在保持其部分形态自然流动的基础上，用精细的刀工刻画了一张蜘蛛结网的场景。枯叶与下方的大石相互呼应，在凶险残酷的自然环境下，即使网已有些破裂，但蜘蛛依旧没有放弃。人生不也是这样？在困境中努力挣扎，定能得到最后完满的结果。

《持经观音》

天然檀木　　90 × 40 × 153cm

　　普门品说："应以声闻身得度者，即现声闻身而为说法"，此像坐莲花云彩上，右手持经卷，左手安置膝上。聊聊云烟中悟坐以观音，重点刻画其人物，其余部分借用天然根须无重点的草草带过。深刻的对比，其容貌体现出观音菩萨的清净端庄、慈悲。

《秋声》

红松木　55 × 18 × 60cm

　　秋声是一种什么样的声音,作品以枯木表现青草因秋风而变色,树木遇秋风而落叶。作品以枯木的肌理表现沥沥的雨声夹杂着飒飒的风声,作品以根造型创作出一位在风中站立的智者,用那清淡的笛声,去喟叹人生短促,形神日衰的心境。作品以传统根雕以神写形,自然天成的特点,用廖廖几笔点画出一幅动静有致、气韵贯通并具有东方独特审美特征的艺术作品,充分表现出作者机智灵活,无法中有法,大胆而细致的创作思路。

秋　声

辛巳年八月作

《嬉》
黄杨木包石　　45×45×50cm

　　怪异的树根被略施雕刻，变为一只巨灵，庞大的驱体充满自然的蛮力，巨灵的驱体上映现罗汉喜悦安祥的面容，力与佛的并置，表现的是战胜心魔，得道自在的精神主题。强烈的视觉冲击力，蕴藏着深刻的思想内涵。整体模糊，局部写实，幻中有真，真中有幻，产生新奇的审美效果。

郑国明木雕艺术

《国家大剧院》系列之一
红木　直径30cm

　　作品《国家大剧院》系列，总共有32件组合，它的创作感受来自于中国传统的戏曲文化，作者把各种戏曲人物的形象展现在一起，和谐不失生动。作品名为国家大剧院，旨在表达传统文化的复苏，表明了现代雕塑本土化的这一发展方向。

《金婚之喜恋如初》

天然红松木　　22 × 15 × 40cm

　　利用自然肌理天成的构图造型，以表现夫妻贵在相知的人生哲理。相濡以沫的老伴仍同青春年少之辈一样兴高采烈、乐不可支和其乐融融的逗开心，展现了美满人生的真谛。

《屈原离骚》

天然红松木

40 × 25 × 50cm

作品《屈原离骚》表现了一代大文人屈原的经典形象，作者运用木材固有的肌理，强烈的形式感，大胆的表现了屈原的伟大形象。